AF340911

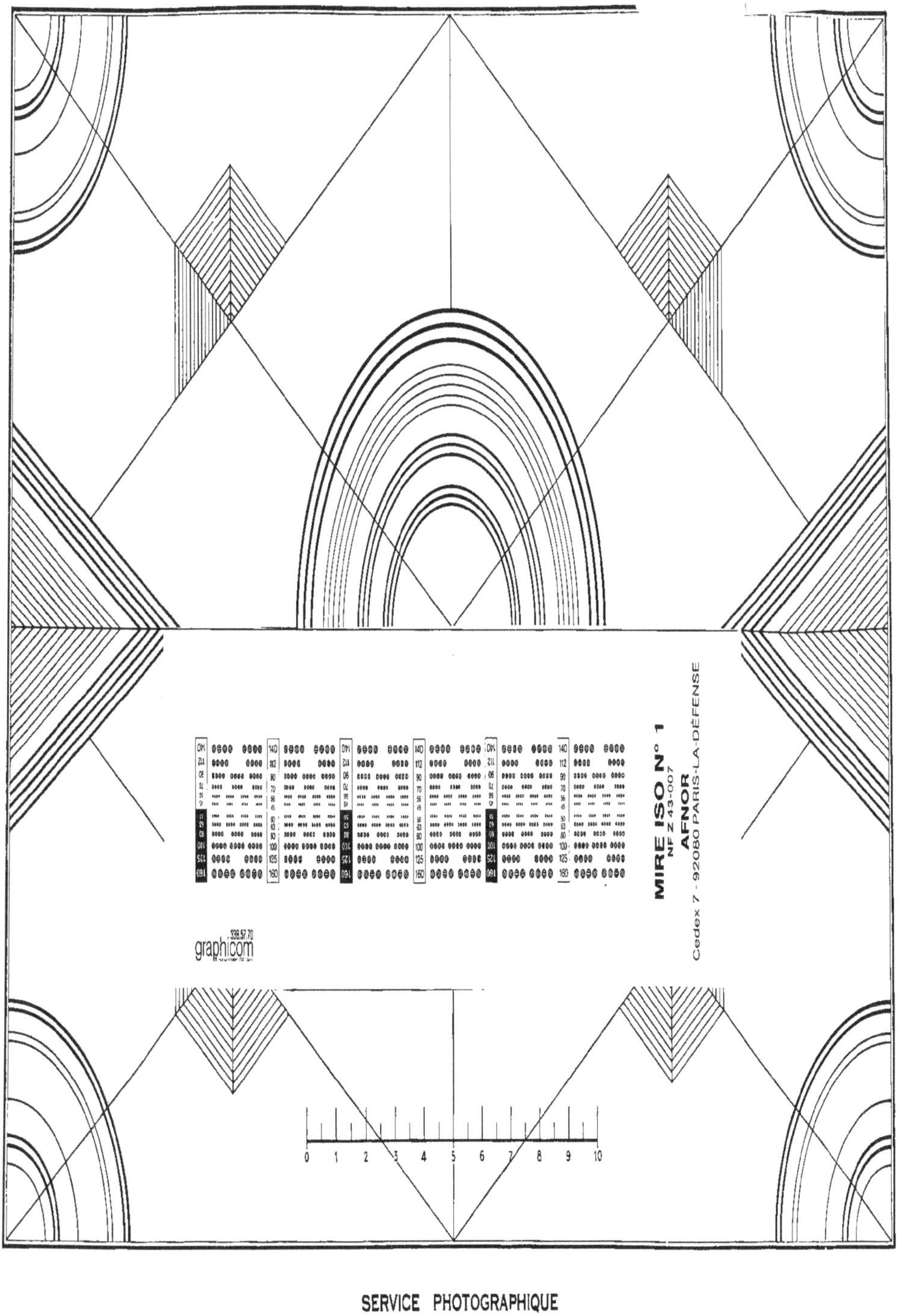

MIRE ISO N° 1
NF Z 43-007
AFNOR
Cedex 7 - 92080 PARIS-LA-DÉFENSE

graphicom
338.57.70

LETTRE

DE MADAME de N....

A Madame la Marquise de....

Sur la Satyre de M. Des Preaux,

CONTRE

LES FEMMES.

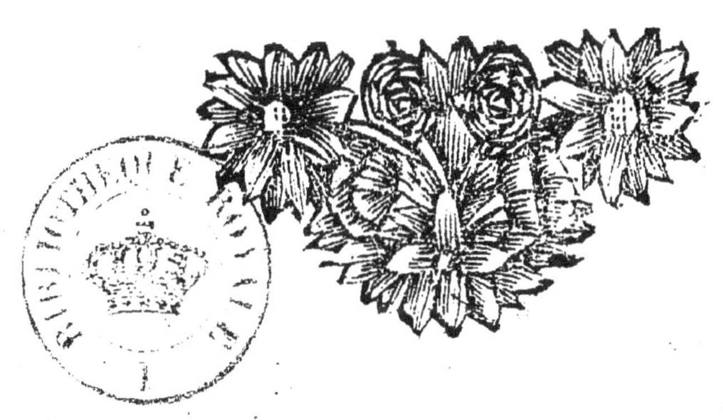

A PARIS,

Chez NICOLAS LE CLERC, au milieu du Quay
des Augustins, à l'Image S. Lambert.

M. DC. XCIV.

AVEC PERMISSION.

A V I S.

On a cité les endroits de la *Satire X.
de M. D**.* critiquez dans ces
deux Ecrits, ſuivant l'Edi-
tion d'Amſterdam chez
ADRIAN BRAAKMAN.

LETTRE

DE MADAME de N...

A Madame la Marquise de....

*Sur la Satyre de Monsieur D***

CONTRE LES FEMMES.

E fuis ravie, Madame, d'avoir dequoi répondre à l'honneur que vous m'avez fait, de me demander mon fentiment fur la derniere Satyre de Monfieur D.... je vous aurois fait le même compliment, fi Monfieur l'Abbé de M... & le Chevalier de C... ne fe fuffent heureufement trouvez chez moi, le jour même que je reçûs voftre Lettre. Vous connoiffez l'Abbé de M.... pour un homme qui fçait fi bien les Poëtes & les Hiftoriens, que fi fon dernier ouvrage ne faifoit voir qu'il s'eft appliqué à quelque chofe de plus folide, on croiroit que les belles lettres ont toûjours fait fon unique étude. Le Chevalier n'eft pas fi fçavant, mais il a tant de délicateffe & de difcernement, que fon jugement fur un ouvrage d'efprit n'eft pas moins à eftimer que celui de l'Abbé.

Ils entrérent dans ma chambre comme j'achevois de lire la fatyre, le Chevalier me voyant

ce

ce Livre entre les mains, Madame, me, dit-
il, vous lisiez apparemment la satyre contre les
femmes Oseroit-on vous demander comment
vous la trouvez, & si elle n'a rien diminué de
la bonne opinion que vous aviez de vôtre sexe.
Bien loin, lui répondis-je, d'y avoir pris des
sentimens d'humilité, j'y ai pris au contraire
de quoi soûtenir ma presomption, & je regarde
comme une preuve sans replique du merite de
nôtre Sexe, les efforts inutiles que Monsieur
D....a faits pour nous noircir.

Il est vrai, reprit l'Abbé, qu'il est tres-avan-
tageux aux Dames de pouvoir dire que Monsieur D.... qui est la terreur des Auteurs & le
censeur de tout le genre humain, ait si mal
réussi lors qu'il a attaqué le beau Sexe. S'il étoit
homme à estre soupçonné de galanterie, je
dirois qu'il a voulu leur faire sa cour. Ses coups
portent si peu qu'il est presque impossible de ne
le pas croire d'intelligence avec ses ennemies.

Vous croyez donc, dit le Chevalier, que
M. D.... s'est ménagé, & qu'il pretend épargner
les femmes dans un ouvrage qui lui a coûté
quinze ans entiers, & où il a répandu tout le
fiel qu'on pouvoit attendre d'un vieux Poëte
satyrique. Oui, repliqua l'Abbé, & je le crois
d'autant plus qu'il avoit un excellent modéle
dans la si xiéme satyre de Juvenal. Il a copié ce
Poëte en tant d'occasions, que je ne vois point
de raison qui ait pû le dispenser de le faire en
celle-ci, à moins qu'il n'ait voulu épargner les
femmes que cet Auteur n'épargne point. Je
crois, reprit le Chevalier, qu'il n'a ménagé
personne, & s'il n'a pas réussi, il ne faut s'en
prendre qu'à l'épuisement de sa veine. L'Ode

sur

fur Namur auroit dû le rendre fage , & luy faire connoitre fes forces.

De l'air dont vous parlez, repartis-je, vous croyez la Satyre contre les femmes fort mauvaife, & il femble à vous entendre parler qu'elle foit bien au deffous des autres Satyres de l'Auteur. Je la crois fi mauvaife, répondit-il, que je fuis perfuadé que les Perrins, les Corras & les autres que M D…. a tournez en ridicules, n'auroient ofé avoüer un pareil ouvrage. Je l'ay lûë avec M. l'Abbé, & je le trouve affez de mon fentiment.

Ayant témoigné à l'Abbé que je ferois bien aife de fçavoir ce qu'il en penfoit, il me dit qu'à la verité le Chevalier outroit un peu les chofes, mais qu'il falloit convenir que la derniere Satyre de M. D…. ne valloit pas à beaucoup prés ce qu'il avoit fait jufqu'alors. Qu'il ne pouvoit y avoir que ce petit nombre d'amis à qui il l'avoit lûë avant l'impreffion qui en parlaffent dans le monde avec de grands éloges; que le Public ne fe revolte pas contre les loüanges qu'on donne aux Livres avant qu'ils ayent paru, mais qu'il n'aime pas à paffer pour dupe, & qu'on ne voit jamais qu'avec une efpece de chagrin les Ouvrages mediocres dont on a voulu faire concevoir des idées trop avantageufes. Il ajoûta qu'on pouvoit dire que M. D…. avoit manqué dans cet Ouvrage contre prefque toutes les regles qu'il donne dans fon Art Poëtique, & qu'en particulier il étoit tombé dans le ridicule de ceux qui promettent beaucoup, pour ne donner que fort peu de chofe.

La fable de l'Accouchement de la Montagne, dit le Chevalier, n'a peut-être jamais

eu

eu de plus heureuſe aplication. Un Auteur fameux prend ſoin d'avertir le Public qu'il travaille à une Satire, qui ſera ſon chef-d'œuvre, il choiſit un ſujet ſuſceptible de toutes ſortes de beautez, où il n'y a pas moins que la moitié du monde d'intereſſée ; ſes amis annoncent cet Ouvrage avec de grands éloges, on l'attend avec impatience, les deux Sexes le demandent avec le même empreſſement ; il paroît enfin, & on eſt tout ſurpris de n'y rien voir qui réponde à la reputation de l'Auteur ny à la beauté de la matiere, pour ne rien dire de plus.

Je ne l'interrompis que pour ſçavoir quelque choſe de plus précis, dans le deſſein d'avoir dequoi vous ſatisfaire, ſans rien hazarder du mien : car je prévoyois bien que l'Abbé s'y engageroit inſenſiblement, & que par là je m'acquitterois pleinement de tout ce que vous pouviez attendre de moi. En effet, l'Abbé ſans ſe faire prier prit la Satyre que je lui préſentois, & étant tombé ſur l'avertiſſement, je n'aurois jamais crû, dit-il, que M. D.... qui s'eſt moqué de ceux qui tâchent de prévenir le Lecteur en leur faveur par des Prefaces, pût tomber dans le même deffaut. Cependant que ne dit-il point ici pour faire valoir ſa Satyre ? Le tems qu'il y a employé, l'aprobation des connoiſſeurs, l'attente du Public, il met tout en œuvre pour s'attirer la bien-veillance du Lecteur. S'il le fait, dit le Chevalier, ce n'eſt pas en ſupliant, & du ton d'un homme *qui demande grace*. Il parle en maître, d'un air deciſif, & je remarque même qu'il menace ceux qui le critiqueront, du même ſuccés de ceux qui ont critiqué l'Ode ſur Namur. Je ne vois pas, dit

l'Ab-

l'Abbé, qu'un pareil fuccés foit fi fort à fou-
haiter pour M. D.... mais fans nous arrêter à
cela, je fuis d'abord affez mal édifié de la maniere hautaine dont M. D....traite Alcipe, il le
tutoye dans tout le Dialogue, quoi qu'Alcipe
ne prenne pas la même liberté. Je ne vois point
de raifon de cette différence. Il me femble, dit
le Chevalier, que cette maniere de parler eft
établie dans la Poëfie, & particulierement dans
la Satyre où le *Vous* feroit fouvent foible & lan-
guiffant. D'ailleurs, qui s'eft avifé de trouver
mauvais que M. D.... ait tutoyé le Roi lui
même dans fes autres Satyres ; il n'en eft pas
d'un Dialogue comme d'une Satyre, répondit
l'Abbé. Je ne trouve pas mauvais que M. D....
tutoye Alcipe , mais je ne fçaurois fouffrir
qu'Alcipe ne tutoye pas M. D.... Cela doit être
reciproque.

Il dit enfuite que M. D.... voulant faire un
Dialogue, devoit le faire comme les Dialogues
ordinaires, qu'il auroit dû repeter le nom de
celuy qui parle, que les *dis-tu* qu'on rencontre
à chaque page, affoibliffent extrémement le
difcours, & qu'il eft même fi obfcur qu'on ne
fçait la plûpart du tems fi c'eft l'Auteur ou Alcipe qui parlent, parce que le *dis-tu*, n'eftant
que trois ou quatre Vers aprés le commence-
ment du Difcours, le Lecteur rapporte fouvent
à l'un des interlocuteurs ce qui eft dit par l'autre. Et comme il voulut nous faire remarquer
que les cefures de la plûpart des Vers font d'une
feule fillabe, ce qui fait un tres-mauvais fon,
& qu'il y a même plufieurs Vers qui n'ont point
de cefure, & qui font d'une dureté infupporta-
ble, M. D....luy dis-je, ne s'amufe pas à cela,

A 4

il

il a même averti le Public du vœu qu'il a fait de ne jamais deffendre ses ouvrages, *quand on n'en attaquera que les mots & les sillabes.*

Il est vrai, me répondit-il, que M. D.... a pris soin de nous donner cet avis, & je vous avouë que j'en ai esté surpris. Je ne conçois pas comment un homme qui écrit en Vers, peut se dispenser de l'examen des sillabes & des mots, puisqu'il ne faut quelquefois qu'une lettre pour gâter le plus beau Vers, & M. D.... lui-même nous a donné tant de preceptes dans son Art Poëtique sur cet arrangement de sillabes & de mots, qu'il est aisé de voir qu'il ne l'a pas toûjours regardé si indifferemment.

Vous ne pensez donc pas, dit le Chevalier, que les Legislateurs sont au-dessus des Loix, & que M. D.... peut se dispenser quand il veut de celles qu'il prescrit aux autres. Comme ce n'est pas M. D.... qui a fait les regles de la Poësie Françoise, reprit l'Abbé, il ne sçauroit s'en écarter sans faire autant de fautes qu'il s'en éloignera de fois, & en bonne foi de quel droit peut-il reprocher aux autres des fautes qu'il ne prend pas même soin d'éviter ? Ne pourroit-on pas lui dire qu'au lieu du vœu de ne pas deffendre ses ouvrages, il auroit dû faire & accomplir celui de ne plus écrire.

Il est vrai, dit le Chevalier, que quand il auroit cessé de faire des Vers avant l'Ode sur Namur, sa reputation n'y auroit pas beaucoup perdu, mais sçavez-vous ce que j'en pense, M. D.... se croit assez bon Juge pour decider du merite de ses ouvrages, ou il s'en tient du moins à l'approbation

de

le ſes amis qui trouvent cette Satyre la meil-
eure de toutes les ſiennes, il eſt content de ce
qu'il fait, ſes amis applaudiſſent: N'eſt-ce pas
aſſez. Quel intereſt de plaire aux autres? Cela
ne s'accorde gueres, dit l'Abbé, avec ce qu'il
nous apprend. Le Public juge ſouverainement
des ouvrages d'eſprit,& les Auteurs ſifflez n'ont
point d'autre Tribunal où ils en puiſſent ap-
peller.

Outre cela, quelle preuve avons-nous de
cette approbation des amis de M. D...., Som-
mes-nous obligez de l'en croire? Quoy vou-
driez-vous, dit le Chevalier, qu'il rapportât
une atteſtation par écrit que ſon ouvrage eſt
admirable! Il ne ſeroit pas le premier, répondit l'Abbé qui auroit rapporté un certificat en
forme pour prouver qu'il a raiſon, & que ceux
qui le ſifflent ont tort. Et peut-eſtre aprés tout
cette maniere de couper court aux Critiques
deviendra-t-elle à la mode. Je ſçai un Philo-
ſophe qui s'en eſt ſervi, il n'y a pas long-temps.
Ne peut-il pas arriver que peu à peu le Public
ſe laiſſera dépoüiller de ſa juriſdiction, & que
doreſnavant Meſſieurs les Auteurs ne répondront aux Critiques que par des atteſtations de
quelques amis, qui ne ſeront peut-eſtre pas
trop bien inſtruits de l'état de la queſtion. Mais
aprés tout il eſt indubitable que tout homme qui
fait des Vers, eſt obligé d'obſerver les regles
que les Maîtres nous ont laiſſées, & que l'uſa-
ge a introduites, & le vœu de M. D.... ne peut
non plus l'en diſpenſer que l'approbation de ſes
amis. C'eſt pourquoi je crois que perſonne ne
lui paſſera ces deux Vers.

A 5

Mais

Page 6.

Mais je vous dirai, moy, sans alleguer la Fable.
Tout horsmis toy, chez toy rencontre un doux accueil.

Page 10.

Ces *toy* & *moy* dans l'hemistiche font le plus mauvais son du monde, on voit même que dans le premier Vers, *moy* vient au secours, & que c'est une cheville. Oüy, dit le Chevalier, & il y a même dans ce *moy* quelque chose d'aussi Allemand que dans aucun Vers de la Pucelle. En voici qui n'ont point de cesure.

Page 12.

Dans la ruë en avoient rendu graces à Dieu.

Page 14.

Son mariage n'est qu'une longue querelle,
T'ay-je tracé la vieille à morgue dominante.

Page 22.

Et une infinité d'autres. Mais que pensez-vous de celui-ci.

Page 6.

Que si sous Adam même & loin avant Noé.

Je dis, répondit le Chevalier, que M. D... est bon Chronologiste, & qu'il est tres-certain que ce qui se passoit sous Adam estoit avant Noé. Mais il auroit dû s'en tenir à une seule de ces dattes. Ces époques sont assez connuës, on ne les confondra pas, & il n'y a personne qui ne sçache que la création est avant le déluge. Nous voici, continua l'Abbé qui lisoit toûjours, à la *pompe harmonieuse d'un spectacle enchanteur.*

Page 8.

Vous voyez bien que ces quatre grands mots veulent dire l'Opera. Si ce spectacle enchanteur faisoit des effets aussi terribles que ceux que l'Auteur lui attribuë, que deviendroient les peres & les maris? Je me souviens de cet endroit, dis-je alors, il me semble que M. D... a assez outré les choses. Il les a si outrées, répondit le Chevalier, que quand

on

on y boiroit de ces eaux , dont il eſt parlé dans
l'Opera de Rolland , elles ne feroient pas des
effets ſi promts & ſi extraordinaires.

En bonne foi , dit l'Abbé , je ne vois rien de
moins vray-ſemblable que ce que M. D. … ſup-
poſe ici.   Il eſt innoüi qu'une jeune perſonne
d'une conſcience tendre , élevée à la pieté , ſe
jette à la tête d'un homme , dés le premier
jour qu'elle aura été à l'Opera. L'Auteur n'auroit pas fait cette faute s'il s'étoit ſouvenu d'un
mot de ſon Juvenal * qui dit qu'on ne ſe porte
jamais tout d'un coup aux extremitez , ou s'il
avoit voulu ſonger à ce qu'il dit lui-même plus
bas qu'il faut qu'on *debutte dans le crime*. Mais
outre la faute de jugement , que dites-vous
de ces vers ?

> *Digne Ecoliere enfin d' Angelique & d'Armide ,*   Page
>   *elle n' aille à l'inſtant.*   9.

Enfin & *l'inſtant* , ne font-ils pas de beaux
effets pour des Chevilles? Mais nous en ver-
rons bien d'autres

> *Et ne preſume pas que Venus ou Sathan.*   Page
>   9.

Voilà , ajoûta-t-il , une belle alternative. Comment M. D. oſe-t'il mêler les divinitez du Pa-
ganiſme avec les veritez de nôtre Religion , &
les mêler de telle ſorte qu'il ſemble donner la
liberté d'en croire ce qu'on veut.   Je ne vois
rien de comparable à cela , dit le Chevalier ,
que la *pudeur enfantine de Phedre*. J'allois
vous en parler , lui dit l'Abbé , nous y voilà
juſtement.

> *De Phedre dédaignant la pudeur enfantine.*   Page
>   9.

A 6

En

* **Nemo repente fuit turpiſſimus.** *Satyr.* 2.

En effet, dit le Chevalier, une belle-mere amoureuse de son beau-fils, qui le suit dans les Bois, qui lui fait une declaration d'amour, qui le presse jusqu'à lui arracher son épée, ne fait-elle pas des démarches bien enfantines? Le même esprit qui déchaine l'Auteur contre toutes les femmes, l'engageroit-il à faire l'Apologie des plus decriées? Je ne doute pas qu'il ne nous donne au premier jour la femme de Putiphar pour un modele de fidelité, comme il voudroit que nous prissions Phedre pour un exemple de pudeur & d'innocence. Je ne crois pas, leur dis-je, que vous preniez tout à-fait la pensée de l'Auteur, & il me semble que M. D.... veut dire que l'impudence de quelques femmes d'aujourd'huy est si fort au dessus de celle de Phedre, que celle de Phedre passeroit auprés pour une *pudeur enfantine*. Voilà une interpretation bien favorable, me répondit l'Abbé. Mais quand M. D. l'auroit entendu de cette maniere, la pensée seroit toûjours extremément outrée, & il est trés-faux que les femmes d'aujourd'huy ajoûtent quelque chose à l'impudence de Phedre. Il y en a peu qui la portent aussi loin qu'elle. M. D. connoit si peu les femmes, continua l'Abbé, qu'il se figure qu'il y en a qui aiment le scandale.

N'aimant que le scandale & l'éclat dans le vice.

Page 80.

Personne n'aime le scandale. Il y a des femmes qui aiment le bruit & l'Eclat. Ce bruit & cet Eclat peuvent produire du scandale, mais ce n'est pas le *scandale* qu'elles aiment, elles voudroient bien pouvoir le detacher de cet éclat qui leur fait plaisir, & j'ai crû jusqu'ici que les fem-

femmes les plus galantes, & qui font le plus de bruit, n'aiment pas à paſſer pour Coquettes, quoi qu'elles ſoient ravies de paſſer pour belles, & d'être aimées. Combien y en a-t-il qui ont mieux aimé ſe decrier dans le monde, que de n'y être pas connuës ? & cependant qu'on leur demande leur deſſein, je ſuis trés-ſûr qu'elles répondront qu'elles ne ſe ſont jamais propoſées de cauſer du ſcandale. On peut ajoûter à ce que nous avons dit, reprit le Chevalier, que le portrait que M. D. . . . fait ici d'une femme Coquette n'eſt pas pouſſé auſſi loin ni touché auſſi delicatement qu'il pourroit l'être. Mais trouvez-vous vrai ſemblable que la femme d'un Secretaire du Roy dépenſe cinq cens loüis d'or en habits tous les ans ?

Si le portrait de la Coquètte n'eſt pas reſſemblant, répondis-je, avoüez que celui de la joueuſe eſt fort heureux, & qu'on y reconnoît des traits qui ne peuvent partir que de la main d'un Maître. Je conviens, me répondit l'Abbé, qu'il eſt beaucoup mieux touché. C'eſt ſans doute ce qu'il y a de meilleur dans cet Ouvrage : mais peut-être ne ſeroit-il pas fort avantageux à l'Auteur qu'on l'examinat de prés, & qu'il en eſt comme de ces tableaux qu'on n'admire que quand on les voit d'une certaine diſtance. Pour moi je ſçai bien qu'une *deroute illuſtre* n'eſt pas de mon goût, & j'ai trouvé des gens qui m'ont aſſuré qu'on ne dit point *le jeu d'Ombre.* Nous diſons, le jeu de l'homme, le jeu de la Bête, le jeu de l'Ombre ou l'Homme, la Bête & l'Ombre tout court. Page 11. Page 12.

Mais à quel propos, dit le Chevalier, l'Auteur conte-t-il cette grande hiſtoire de cet
avare.

avare Magiſtrat, qui fut aſſaſſiné dans ſa maiſon ? qu'avoit de commun avec les mœurs du Sexe une avanture Tragique dont tout le monde eſt rebattu ? M. D.... vous répondra, dit l'Abbé, que rien ne vient mieux à ſon ſujet, puis qu'il rejette tout le mal ſur cette femme, que la *lezine etoit venuë mal à propos ſaiſir au collet.* Cette expreſſion n'eſt-elle pas noble ?

Elle donne du moins, reprit le Chevalier, une fort plaiſante idée, une lezine qui vient mal à propos ſaiſir une femme au collet, eſt la choſe du monde la plus rejouiſſante. Je crois qu'à y regarder de prés on trouveroit du faux dans cette expreſſion, mais s'arrête-on à cela ? Les vers même ne me paroiſſent gueres bons. Ils le ſont ſi peu, reprit l'Abbé, que le premier eſt chargé de deux Epitétes fort longues, & qu'on trouve dans l'autre un *mal à propos* placé auſſi mal à propos que cheville le puiſſe être, jugez en :

> *Que ſi la famelique & honteuſe lezine*
> *Venant mal à propos la ſaiſir au collet,*
> *Elle te reduiſoit à vivre ſans valet.*

Belle chute, dit le Chevalier. Ce mot *elle* à qui ſe rapporte-t-il, eſt-ce à la femme ou à la lezine ? c'eſt de quoi il n'eſt pas aiſé de juger, répondit l'Abbé, il eſt ſi équivoque que vous pouvez le prendre comme il vous plaira ſans riſquer beaucoup. Je n'avois connu juſqu'à préſent, ajouta-t-il, de chevaux volans que Pegaze & l'hipogrife d'Arioſte, mais je m'étois bien trompé puiſque M. D.... fait voler juſqu'à la mule d'un Magiſtrat. Tout vole chez lui, reprit le Chevalier, Ratafias, Syrops, Confitures

Chez lui Syrops exquis, Ratafias vantez, Page
Confitures sur tout volent de tous côtez. 20.

M. le Chevalier, allons pié à pié, dit l'Abbé.
Croyez-vous le mot de *montées* bien françois, & Page
avez-vous jamais oüi dire qu'on *condamne une* 12.
cave? Pour le premier, répondit le Chevalier, Page 13.
j'ai toûjours oüi dire les degrez ou l'escalier en
general. Pour l'autre si nous étions au tems
des pointes, je dirois que c'est en qualité de
Magistrat, que le Lieutenant Criminel condam-
noit sa cave. On dit condamner une porte mais
non pas condamner une cave ni une chambre.
Ne remarquez-vous point, ajoûta-t-il, que M.
D.... se met en frais de faire parler tout Paris
pour prouver une chose que tout le monde
sçait. Cette digression ne fait-elle pas un bel effet? Pouvoit-il mieux la finir que par ces vers.

Des voleurs qui chez eux pleins d'esperance en-
tretrent
A la fin un beau jour tous deux les massacretrent. Page 13.

Que l'Auteur est à plaindre, reprit l'Abbé,
de n'avoir pas trouvé ces deux vers dans la Pucelle ou dans le Moyse sauvé? Il n'auroit pas
manqué de nous en faire voir la bassesse, & dans
les choses & dans les expressions, de relever les
transpositions & les chevilles, de les traiter
d'Allemands ou de *Visigoths*, en un mot de les
renvoyer à la muse du Pont neuf.

Cette pensée, dit le Chevalier, me fait res-
souvenir d'une complainte qu'on y chantoit sur
cet évenement tragique, d'ou M. D.... pourroit bien avoir tiré une partie de sa longue nar-
ration. Je suis bien sûr au moins que les transpo-

positions ne sont pas plus frequentes dans l'une que dans l'autre.

Mais ajoutai-je , que prouve cette histoire contre nôtre Sexe ? M. D .... pretend-il qu'un exemple unique puisse être tiré à conséquence , & que les hommes ne doivent pas se marier de peur d'une avanture pareille à celle du Magistrat dont il parle. Il faut des siecles entiers pour produire un monstre d'avarice comme celui-là, & comme M. D .... en convient lui-même, le mariage de ce Magistrat étoit

Le lien le plus affreux
Dont l'himen ait jamais uni deux mal-heureux.

Page 13.

Aprés une digression de plus de soixante vers, reprit l'Abbé , l'Auteur revient à son sujet. Il marque d'abord combien il est satisfait des portraits qu'il a déja donnez , & aprés avoir dit qu'il sçait son métier , il nous donne le Caractere d'une femme bizarre. Je ne crois pas, dit le Chevalier, que jamais personne s'avise de soupçonner M. D .... de ne pas sçavoir son metier. Son Art poëtique & sa traduction de Longin , ne laissent aucun doute là-dessus, & s'il mettoit en pratique ce qu'il prescrit aux autres , il ne feroit jamais que des pieces achevées.

Le mal-heur est, dit l'Abbé , qu'il ne voit point dans ses Ouvrages , ce qu'il ne peut souffrir dans ceux d'autrui , a-t-on jamais vû par exemple un vers plus dur que celui-ci

Page 14.

Combien n'a-t-on point vû de belles aux doux yeux.

Mais si M. D .... fait si peu de cas de l'arrangement des sillabes & des mots , s'il le regarde com-

comme une bagatelle qui ne merite pas l'atten-
tion d'un Illuftre, il devroit au moins fçavoir
la force des expreffions ; puis que faute de s'y
attacher il dit affez fouvent le contraire de ce
qu'il veut dire comme dans ce vers.

Jamais de tels difcours ne rendra martir.   Page 14.

Quoique fon deffein foit de faire dire à Alcipe qu'une femme bien élevée ne le fera point
fouffrir par fes difcours, il s'explique fi mal
qu'il infinuë qu'il y a des maris qui fouffrent le
martire pour foûtenir la verité des difcours de
leurs femmes.

Cette remarque eft bonne, reprit le Chevalier, car un martir de la foi eft un homme qui
fouffre le martire pour la défenfe de la foi. Dans
le langage de M. D... au lieu de dire les martirs de JESUS-CHRIST, il faudroit dire
les martirs de Neron & de Diocletien, parce
que c'étoient ces tyrans qui leur faifoient fouffrir le martire, ou plûtôt il faudroit dire les
martirs des bourreaux même qui les déchi-
roient.

Je ne conçois gueres mieux, dit l'Abbé,
comment une femme peut *affervir fon mary* page
fous fa fontange altiere, & beaucoup moins 14.
comment elle peut le faire *vivre de couleuvres.* Page
Je lui dis qu'il me fembloit que c'eftoit pouffer 14.
un peu trop loin la critique, que j'entendois
dire tous les jours, *avaler des couleuvres*, pour
dire, qu'on eft témoin de chofes qui font beaucoup de peine. J'avouë, me répondit l'Abbé, qu'on dit dans la converfation la plus fa-
miliere, *avaler des couleuvres*, c'eft une façon
de parler figurée que l'ufage a introduite, &
qui

qui ne s’écrit point.   Mais on n’a point encore dit avant M. D... *vivre de couleuvres* , & je ne crois pas que personne aprés lui se serve de cette expression.   On peut faire la même remarque sur ce Vers de la p. 22.

Et que dans son logis fait neuf en son absence.

On ne dit point, *faire logis neuf*, quoi qu’on puisse dire en proverbe , *faire maison neuve*, pour faire entendre qu’on change tous ses domestiques.

Il ajoûta que le portrait de la jalouse étoit furieusement outré , & que nous n’en voyons point *les cheveux herissez, garder les avenuës de la maison, & attendre leur maris aux coins des ruës.*   Convenez, dit le Chevalier, que la sçavante & la précieuse sont peintes avec bien de la delicatesse.

Si M. D... vouloit que j’admirasse ces portraits-là, répondit l’Abbé, il devoit y répandre un peu moins de bile contre des Auteurs dont il a tant parlé ailleurs, & qu’il fait encore venir ici hors de propos.   Ils sembloient n’avoir rien à craindre d’une Satyre qui ne devoit regarder que les femmes. M. D... fait bien voir qu’il ne pardonne rien, & que ce n’est pas un petit malheur de n’estre pas à son gré.

Pour moy, dis-je, je ne sçaurois lui pardonner , ce qu’il dit ici contre une personne qui a fait tant d’honneur à nôtre sexe.   On voit bien à qui il en veut, & ce qui lui tient au cœur. Mais j’espere que le Public rendra justice à l’un & à l’autre.   Il n’y a personne qui n’ait une espece de veneration pour la memoire de celle qu’il veut tourner en ridicule , & qui ne convienne

vienne qu'elle merite beaucoup mieux les éloges des Sçavans, que les infultes de M. D....

L'Abbé m'interrompit, pour nous faire ap-
percevoir que l'Auteur aïant copié Juvenal
dans la peinture d'une fçavante, lui fait mettre
dans la balance Ariftote & Cotin, comme s'il
y avoit quelque rapport entre un Auteur qui
n'eft que Philofophe, & un Auteur qui n'eft
que Poëte. Juvenal au contraire fait pefer à
fa fçavante Virgile & Homere, * qui peuvent
être comparez l'un à l'autre par leurs Poëmes.
La comparaifon de Juvenal eft jufte, celle de
M. D... ne l'eft pas.

* *Et comparat inde Maronem,*
que aliâ parte in trutinâ fufpendit Homerum.
Satir. 6.

Trouvez-vous, pourfuivit l'Abbé, en s'a-
dreffant au Chevalier, le combat de Cerifoles
bien inventé? Oüi, répondit-il, à cela prés
que la penfée m'en paroît fauffe. Car comment M. D... peut-il dire à une perfonne qui
n'eft point, qu'il connoît tous fes Peres, &
qu'ils ont brillé dans un fameux combat? Ce
qu'il y a de meilleur, c'eft qu'il defigne ce combat, & qu'afin que fa penfée fût vraye, il faudroit que tous les Princes d'Italie fe fuffent
trouvez à celui de Cerifoles.

Sans examiner les chofes de fi prés, il me
femble, leur dis-je, que cette penfée a quelque chofe de bien joli & de fort neuf. Ah !
Madame, me dit l'Abbé, avez-vous oublié
que M. D... fait vœu de ne jamais penfer & de
copier éternellement. Cet endroit eft encore
imité de Juvenal, mais il y a une grande difference

rence entre l'original & la copie. Ce Poëte
suppofe que Cornelie mere des Graques & fille
de Scipion l'Affricain, voulant l'époufer, n'ap-
porte d'autre dot que les triomphes de fes
Ayeux * & la grandeur de fa naiffance, ce
qui lui fait dire, *qu'il aimeroit beaucoup mieux
une fimple Campagnarde, qu'en vain elle lui
rompt la tête des Victoires remportées par fes Ancef-
tres fur Annibal & fur Siphax, & qu'en un mot
elle peut s'en retourner fur fes pas quelque orgueil
que lui donne la prife de Cartage.* *

Cette penfée eft jufte, parce qu'il parle de
Cornelie qui étoit connuë pour la fille du vain-
queur de Cartage : au lieu qu'ici le combat de
Cerifoles ne vient pas mieux que la bataille de
Marignan. M. Varillas n'avoit garde de parler
des Ancêtres de la Princeffe imaginaire qui
voudroit époufer M. D.... puifqu'elle n'a point
de nom, & qu'il ne la connoît pas lui-même.

Il avoit fans doute, dit le Chevalier, l'imá-
gination pleine de ces belles idées de grandeur
& de principauté, lorfqu'il a fait dire à Alcipe :
Page *Ma famille illuftre.* Ce mot n'eft bien dans la
17. bouche de qui que ce foit ; mais c'eft une fotti-
fe dans celle d'un homme qui a befoin de fe faire Secretaire du Roi *pour appuier fa naiffance.*

Nous voici, pourfuivit l'Abbé, au grand &
au dernier portrait de M. D... c'eft celui des
De-

* *Malo Venufinam, quam te, Cornelia mater*
Gracchorum, fi cum magnis virtutibus affers,
Grande fupercilium & numeras in dote triumphos.
* *Tolle tuum precor Annibalem, victumque Sipha-*
     cem
In Caftris & cum totâ Carthagine migra. Sat. 6.

Devotes. Quelque effort qu'il ait fait pour le rendre parfait, nous ne laisserons pas d'y trouver de petites negligences. Il me semble par exemple que je n'entens point ce Vers,

Et couvrent de Dieu même empraint sur leur visage. Page 19.

Comment est-ce que Dieu est empraint sur le visage des Devotes ? & comment est-ce que les Devotes se servent de cette emprainte de la Divinité pour couvrir leurs vices ? Cela me paroît bien obscur. Car si M. D... l'entend de ce caractere dont parle le Prophete, il est certain qu'il se trouve sur tous les hommes aussi bien que sur les Devotes. Ce qu'il dit dans la page 21. n'est pas plus clair.

Il ne lui fait bien-tôt, aidé de Lucifer,
Goûter en Paradis les plaisirs de l'Enfer.

Qui pourroit expliquer cet Enigme ? Des plaisirs d'enfer qu'on goûte en Paradis, ne sont-ils pas ce qu'on peut concevoir de plus extraordinaire ?

Je ne sçai, ajoûta l'Abbé, si vous approuvez ce qu'il dit ensuite : *Qu'il vaut mieux souffrir le crime que de le dévoiler.* Cette maxime paroîtra à bien des gens d'une dangereuse consequence dans la Morale ? Et comment M. D..... qui sçait son métier, peut-il ignorer que celui d'un Poëte Satyrique ne consiste qu'à dévoiler le crime ?

Page 19.

Venons je vous prie M. l'Abbé, lui dit le Chevalier, au Directeur & aux Devotes. Cet endroit m'a paru tantôt fort réjoüissant. Je suis surpris, reprit l'Abbé, que l'Auteur ait si

fort

fort oublié le vrai-semblable qu'il ait supposé que des Femmes de qualité soient allées chez un Prêtre lui rendre des services qu'on n'exige que des personnes les plus abjectes.

Page
20.

Un Escadron coëffé d'abord court à son aide,
L'une chauffe un boüillon, l'autre apprête un remede.

Comment a-t'il oublié les regles qu'il donne dans son Art Poëtique ?

Ne presentez jamais de basse circonstance,
Soyez riche & pompeux dans vos descriptions.

Les regles ont-elles changé depuis ce temps-là ? D'ailleurs le mot d'*Escadron* ne me paroît point fait pour des Dames qui vont au secours d'un Directeur : car assurément elles n'y vont ni à cheval ni en escadron.

Je remarque, dit le Chevalier, que M. D... qui n'a pû rien prendre des anciens sur cette matiere, parce qu'ils n'avoient point de Directeurs, a eu recours à un Moderne dont il a tiré toute cette pensée : Mais il y a cette difference que dans la Satyre contre les Directeurs, il y a du vrai-semblable, & qu'on n'en trouve point ici.

L'Abbé lût ensuite ce Vers :

Page
22.

T'ai-je peint la maligne aux yeux faux, au cœur
noir !

Des *yeux faux* sont des yeux de verre qu'on met & qu'on ôte quand on veut. Je ne crois pas que M. D...l'ait pris en ce sens-là ? Pour *le cœur noir* c'est une façon de parler toute nouvelle, quoi qu'on dise l'ame noire, on n'a jamais

mais dit *le cœur noir.* Peut-être, dit le Chevalier, M. D. pretend-il qu'il a assez d'autorité pour faire passer un mot de sa façon.

C'est apparemment, dit l'Abbé, ce qui lui a fait dire dans le vers suivant.

T'ai-je exprimé, di moi, la brusque impertinente : Page 22.

C'est un galimatias où l'on ne comprend rien. On dit exprimer une pensée, mais non pas exprimer une femme. Ce vers qui est auparavant est encore moins françois ,

Et non moins que l'honneur le Ciel mis en oubli. Page 22.

Le tour est tout à fait barbare.

Que doit-on dire de ces transpositions. Page 8.

Entendra des discours sur l'amour seul roulans : Page
De Phedre dedaignant la pudeur enfantine. 9.
De surcroit une Mule encor se nourissoit. Page
Dans la ruë en avoient rendu graces à Dieu. 12.
D'un Censeur dans le fond qui folâtre & qui rit. 12.

Page 23.
qui ne font que la moindre partie de celles qu'on trouve dans cette Satire ? à qui M. D.... passeroit-il des vers dont un seul mot remplit une hemistiche, comme celui-ci.

De trop bonne heure apprit l'humiliation : Page 18.
Les suivans ne font-ils pas coulans.

J'entens c'est pousser loin la moderation : Page 23.
Ah! finissez, dis-tu, la declamation.
On auroit grand tort de dire qu'ils ne riment pas, & il seroit à souhaitter qu'on pût les compenser avec ces deux autres qui riment beaucoup moins.

Que

page 5. *Que si sous Adam même, & loin avant Noé:*
Le vice audacieux, des hommes avoüé.

Je n'aurois jamais fait , pourſuivit l'Abbé, ſi je vous faiſois remarquer tout ce qu'il y a à dire dans cet Ouvrage.   Ceci n'eſt qu'un eſſai des obſervations qu'on pourroit faire.   Il n'y a preſque point de vers qui n'ait une cheville.   On rencontre à chaque pas des *enfin* , des *toûjours* , des *dis-tu* , des *dit-on* qui viennent au ſecours pour remplir les vuides , en un mot on ne reconnoît plus ici l'Auteur de tant de bons Ouvrages.   Ce n'eſt plus M. D.…& je ſuis ſurpris comment ſes amis lui ont laiſſé hazarder cette piece , & ne l'ont pas fait reſſouvenir du precepte de ſon Horace qui dit : *Qu'un homme ſage doit laiſſer de bonne héure en repos , le cheval qui commence à vieillir , de peur qu'il ne vienne à battre du flanc dans quelque grande occaſion, & qu'il ne perde toute la gloire qu'il a acquiſe.* *

Voilà , Madame , comment ſe paſſa cette converſation : au lieu de mon ſentiment que vous demandiez , vous aurez celui de deux hommes que vous eſtimez , & qui ſeront ravis de ſçavoir ce que vous penſez vous même , & de la Satire & du jugement qu'ils en ont fait. J'eſpere que vous me ferez ſçavoir au premier jour , je ſuis , &c.

* *Solve ſeneſcentem maturè ſanus equum , ne*
Peccet ad extremum ridendus & ilia ducat.
Horat. Epiſt. I.